❸ 洗澡節事件簿

作者／兩色風景　繪圖／鄭兆辰

人物介紹

石鼓

石鼓的身體強壯，但長相凶狠，而且脾氣火爆，容易衝動。

他有一個可愛的妹妹，叫做釉子。出於保護妹妹的責任感，石鼓練就了一身高強的武藝，尤其特別喜歡以棍棒作為兵器。此外，他還有一些不為人知的小祕密，比如他最不願意承認的弱點竟然是怕老鼠。

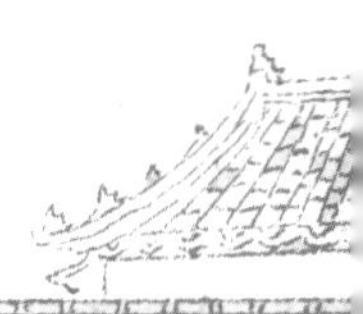

釉子

釉子的世界很單純，小時候的記憶裡幾乎只有哥哥——石鼓。她希望自己有一天能成為成熟穩重、能力超強的「御姐」。另外，她還有一個非常厲害的天賦——超大力！

尺玉

尺玉很有正義感，決定做一件事之前不會張揚，腦子卻轉得飛快，常常「不鳴則已，一鳴驚人」。他思考問題時總要吃點東西，思路才會順暢。平時會用一把紅傘作為武器。

琉璃

琉璃是一隻身材苗條、貌美如花、冷若冰霜、能力極強，遇到再大的困難也不會退縮的橘貓。外冷內熱的她無法抵擋小動物散發出來的萌系光波，只要看到受傷的小動物，她一定會救助。不過她也有迷糊的一面，比如是個路痴……

西山

西山是一名學者，致力於科技與發明，對故宮的一切都如數家珍。他很喜歡和晚輩貓貓們交流，經常耐心的講歷史故事給他們聽，也喜歡從他們那裡了解現在流行的事物。

日暮

日暮是一隻體型中等偏胖的狸花貓，身體非常健康。年輕時的日暮對古蹟、文物等很感興趣，但不受拘束的性格與愛好自由的天性，讓他在很長一段時間內不斷嘗試新事物，卻找不到貓生努力的方向。直到遇見當時也還年輕的西山，加入考察團後，日暮從此一展所長，現為貓兒房事務所最強的外援。

目錄

第一章

搶任務

「臭魚乾——」

正在晨練的尺玉，被由遠而近的咆哮聲震得一跳，隨即看到如猛虎般衝來的石鼓。

與那來勢洶洶形成強烈對比的，是他穩穩呵護在掌心裡的一盆君子蘭。

「太吵了，臭石頭。」尺玉揉著嗡嗡作響的耳朵。「很多宮貓都還在睡呢！」

石鼓咬牙切齒的質問尺玉：「你是不是動過我的花？」

「是你種的啊？」

「沒錯！貓兒房事務所庭院裡的花都是我種的！」

「你……喜歡園藝？」尺玉不禁笑了出來。在他看來，石鼓和植物唯一的關聯，應該是石鼓會因為粗魯而不小心將植物連根拔起。「你身上還有多少驚喜是我不知道的？」

「這不重要。你為什麼要撥動它？」石鼓說：「花盆邊撒了好多土，絕不可能是老爺子或我妹妹做的。你想謀害我可愛的『小蘭』嗎？」

尺玉：「我對『小蘭姐』沒有任何意見，只是看到花盆裡有很多小石頭，就忍不住想找找……」

「在花盆裡放石頭，是為了增加透水和透氣性，避免花被種爛了。」看來石鼓真的懂栽花種草。「你想找什麼？寶石嗎？」

「我還真丟了顆寶石。」

「真的嗎？」

「算了。」尺玉搖搖頭，好像決心將某件事徹底放下。「反正我不是故意的，要是你氣不過，就揍我一頓，但我會還手喔！」

「喵了個咪，你這道歉一點誠意都沒有！」石鼓將君子蘭小心的放在一邊。「小蘭，等著，我幫你報仇。」

石鼓大叫著衝向尺玉，二貓立刻過起招來……

貓兒房事務所內，釉子和西山正在吃早餐，聽到屋外的動靜，西山笑道：「喵呵呵！這哥倆又開始了。」

「男生真幼稚。」釉子評論道：「自從尺玉哥哥加入後，我哥哥就更幼稚了。」

「大鼓的競爭意識被喚醒了。」西山喝了一口茶。「一個團隊因為新血加入，使成員個個力爭上游，是好事呀！」

這時，某隻貓的腳步邁過了

事務所的門檻，他中氣十足的喊著：「這裡就是貓兒房事務所吧？我有個心願，請你們幫我實現。」

貓兒房事務所的委託是以電子信箱為主，其次是傳統書信，但偶爾也會有這種親自登門的客戶。

石鼓知道有客戶上門，馬上撇下尺玉衝過去，一把撲倒來客，歡呼道：「我抓到了！這個任務是我的了！」

釉子趕緊過去，單手把哥哥拎起來：「老哥，你嚇到客戶了。」

石鼓急忙陪笑：「不好意思，請問您的心願是什麼？」

來客整理了一下衣冠後，說：「請問哪一位是尺玉先生？」

「是我，有什麼事嗎？」尺玉連忙過來，他還在為任務被石鼓搶先而不開心呢！

客戶握住尺玉的手，一臉崇拜。「你好，是我的宮貓親戚介紹我來的。他說，如果要委託貓兒房事務所，一定要指名尺玉先生，因為你的本領最大！」

心願任務本來是隨機分配的，自從尺玉加入事務所之後，就變成競爭制。但如果客戶指定要讓某位宮貓服務，那就誰也搶不走了。尺玉高興的推開石鼓，帶著客戶到旁邊詳談。

敲定流程、送走客戶後，又有一位貓阿姨來了，她一開口也是：「請問尺玉先生最近有空嗎？我想請他幫我實現心願。」

一聊才發現，這位阿姨是尺玉以前的客戶推薦來的。

「我那位朋友誇你不但有本領，還有想像力。」貓阿姨說：「所以我就不考慮其他宮貓了。」

尺玉偷偷對石鼓比出勝利手勢。

「這位大姐！」石鼓不甘心的湊上來。「尺玉最近很忙，為了不耽誤您的委託，不如讓我或我妹妹……」

「沒關係，我可以等。」貓

阿姨善解貓意的說。

「我保證，您的等待是值得的。」尺玉自信的說。

沒過多久，竟然又來了第三位客戶，同樣指名尺玉。這下石鼓徹底爆發了，他酸溜溜的說：「又是誰推薦吃魚先生給您呢？」

「沒有人推薦。」那位貓叔叔說：「只是我進宮這一路上，都聽貓提到『尺玉』，所以我想他大概是貓兒房事務所的臺柱吧！」

尺玉笑得合不攏嘴，釉子忍不住提醒：「尺玉哥哥，你手上已經有兩個待辦的委託了。」

「別說兩個，二十個我也能

搞定。」尺玉摸摸釉子的頭，像在安撫一個不懂事的小朋友。

等到尺玉志得意滿的出門執行任務後，石鼓冷笑著對妹妹和西山說：「我覺得貓兒房事務所可以考慮改名為『吃魚先生粉絲俱樂部』了。」

西山思考了一會兒，才說道：「尺玉熱愛工作並沒有錯，自從他加入以來，所有心願都能完成，聽到的也都是好話，但這不一定是好事……」他習慣性的撥弄鬍鬚。「看來貓兒房事務所的規矩是時候改變了。」

如意樹上長出一片綠葉，尺玉正想像平常那樣迅速摘取時，

西山連忙阻止。「這個任務是小釉子的。」

「好耶！」釉子收下了綠葉。

尺玉感覺有點掃興，不過很快又有葉子冒出來，但西山卻再次告訴尺玉：「那是大鼓的任務。」

「喵嗷！」石鼓像擊鼓一樣，激動的拍打了幾下胸膛。

「大鼓，下一個任務也是你的。」西山對石鼓說：「自己安排好時間。」

於是，石鼓兩隻手裡都有了樹葉。

「等等，不對勁。」尺玉納悶。「今天怎麼沒有客戶指名我？」

「你過氣了！」石鼓想說這句話很久了。

「尺玉，要有耐心。」西山溫和的說：「也許待會兒你就有慕名而來的客戶，所謂『命裡有時終須有，命裡無時莫強求。』」

尺玉問：「臭石頭和小釉子的任務，是客戶指定他們的嗎？」

「喵呵呵！這個嘛……不是。」西山開始泡茶。「是我根據經驗判斷，適合交給他們完成的任務，可以算是我指名的吧！」

「如意樹上的葉子，難道不

是先搶先贏嗎？」

「這是貓兒房事務所一項小小的改革……」

西山的話還沒說完，尺玉便不服氣的打斷：「改革也不能厚此薄彼吧？」

西山不氣不惱、心平氣和的把話說完：「老人家自有分寸，放心，喵呵呵！」

第二章

貓小藏的心願

結果，這天剩下的時間，尺玉都在坐冷板凳，沒有登門的訪客，如意樹也沒有再冒出新葉。

「好吧！我認了，今天我休息。」尺玉無聊的洗完第N次臉後，說：「但明天一定要安排工作給我！趁我現在貓氣高，多執行一點任務，也是貓兒房事務所的絕佳宣傳機會嘛！」

「你的心意很好，但貓兒房事務所已經很有名了，無須刻意行銷。」西山慢條斯理道：「況且對團隊來說，各司其職、各顯神通，才能走得更遠。」

尺玉有種秀才遇到兵——不對，是兵遇到秀才的感覺。看來西山是打定主意削減他的任務量，就是為了不讓石鼓和釉子心理不平衡。

前幾天既忙碌又充實，已經讓尺玉不習慣閒下來了，但他知道，西山看起來好說話，決定的事卻沒有商量的餘地。

尺玉鬱悶的趴在半球狀的懶貓沙發上，把腦袋埋進胳膊裡。

過了一會兒，尺玉聽見西山

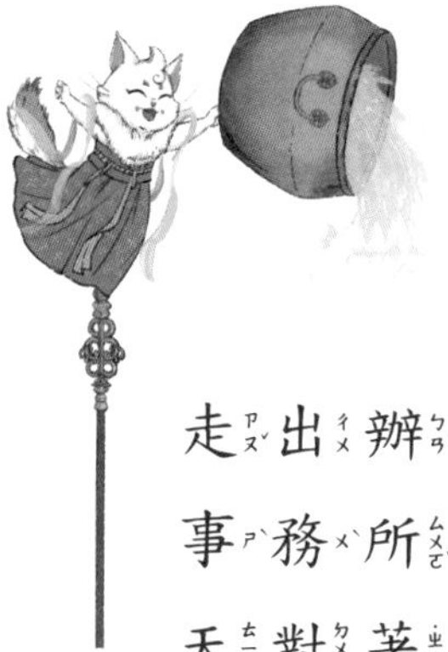

走出辦公室的聲音。作為貓兒房事務所最強後勤的西山，經常成天對著電腦，但畢竟上了年紀，坐太久還是要起來走走，活動筋骨。

尺玉心生一計，飛快跑去看西山的電腦。他心想：你不給我工作，我就自己找工作！

尺玉想著：西山他們知道後一定會不高興，不過……他們也讓自己不愉快呀！而且自己肯定會表現得很好！

一握住那個鼴鼠造型的滑鼠，黑色的螢幕隨即亮起，然後出現輸入密碼的視窗……完了，他怎麼會知道密碼！

尺玉想了想，先關閉螢幕，

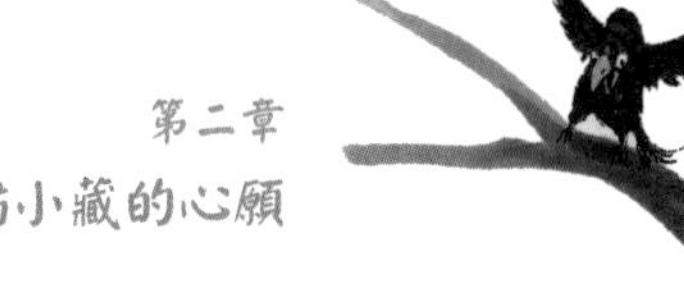

竄上房梁。

故宮裡最不缺古建築，即便定期維護，也是保留原有的模樣，所以這間有各種現代化設備的辦公室，留下了大量古色古香的細節，橫在屋頂下的房梁便是其中一個例子。

尺玉趴在梁上，不動聲色。

西山遛達了一圈回來，因為沒看到尺玉，便自言自語道：「出去散心了嗎？也好。」說完又坐在電腦前繼續工作。

尺玉趁機將密碼看得一清二楚，然後瞄準下一次西山不在的空檔，尺玉順利打開了他的電腦。

螢幕上恰好顯示著「待辦清

單」，尺玉隨手點開一封委託信，讀了一遍。

「就是你了，幸運兒！」他高興的說：「最棒的宮貓——尺玉，為您服務！」

說真的，那是一樁讓尺玉不太能理解的委託。

原因是：西山為什麼不火速派我們去處理呢？這個委託毫無難度啊！

委託的內容如下：

貓兒房事務所的叔叔和阿姨、哥哥和姐姐們：

你們好。

我叫貓小藏，我最喜歡玩躲

貓貓。爸爸和媽媽都沒我厲害，只要我躲起來，他們就找不到我，他們躲起來，我卻一定能找到。

聽說故宮很大，我好想在裡面玩一次躲貓貓，你們能滿足我的心願嗎？

如果可以，請在週六上午九點到爪印公園，我們在靠近門口的柏樹下見！

尺玉在約好的時間，來到約好的地點。

到目前為止，他經手的任務都完成得不錯，對於這次的委託也信心十足。況且這孩子多純真啊！只是想玩躲貓貓而已。

週末的公園滿是孩子。有的小貓樂此不疲的用爪子撥動滾筒；有的小貓跳來跳去，試圖抓住擺盪中的鞦韆；有的小貓在攀爬架的頂端來回走貓步……

已經九點了，貓小藏卻沒有出現。

本來有點不耐煩的尺玉，突然有一種奇妙的感覺。

他迅速朝四周看了幾眼。

身為習武之貓，尺玉的直覺十分敏銳，此時他覺得似乎有誰在偷看自己。

莫非……

尺玉注意到柏樹上掛著一個寫著樹資料的牌子，他把牌子翻過來，背面用稚嫩的字體寫著：

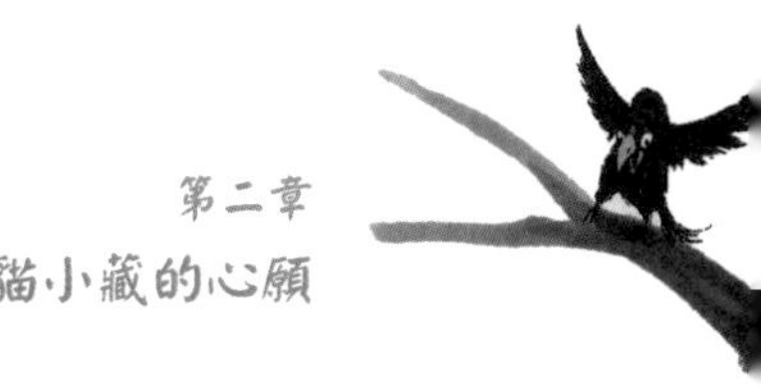

貓兒房事務所，把我找出來吧！

尺玉心想：這孩子想考驗我啊？

也對，如果宮貓沒有足夠的實力找出號稱「躲貓貓大王」的貓小藏，怎麼能指望他為自己安排一場盡興的躲貓貓呢？

尺玉目光如電的掃視周遭一圈，隨即朝一座溜滑梯奔去，卻意外撲了個空，所幸他的耳朵聽見細碎的腳步聲沿著矮樹叢遠去。

尺玉沿著矮樹叢追去，依然找不到貓小藏的蹤影。

小孩子怎麼可能走得比自己快？尺玉想了一下，慢慢走近一旁的沙堆。

只見隆起的沙堆頂端，伸出了一根吸管，正緩緩的往外吐氣。

尺玉忍著笑，把掌心的肉墊覆蓋在吸管口上。

幾秒鐘後，沙堆「嘩啦」一下崩塌了，一個狸花貓男孩從沙堆裡跳出來。他脫掉身上的雨衣，上面的沙子隨之滑落，同時一邊喘氣，一邊吐掉不小心吃進嘴裡的沙子。

「你就是貓小藏？」尺玉笑咪咪的問：「我是來幫你實現心願的宮貓。剛才的表現，有讓你滿意嗎？」

貓小藏連連點頭，用崇拜的眼神看著尺玉。「你好厲害，這

麼快就找到我了！」

尺玉得意的說：「等你的心願成真，再誇我也不遲。」說完，他一把拉起貓小藏，再將他放上自己的肩膀，像閃電般往故宮奔去。

「哇哇哇——」貓小藏有如坐雲霄飛車，狂風把他頭頂的小尖耳吹得往後翻，尺玉揹著他一躍而起，輕鬆閃過所有障礙。

故宮到了。

打從邁過午門的那一刻起，貓小藏的眼睛就沒有閒下來過，他看黃色的琉璃瓦，看大紅色的宮牆，看腳下的青石板……差點忘了本來要做什麼。

尺玉的一句話把貓小藏拉回現實：「你第一次來故宮嗎？」

「對呀！」貓小藏興奮的說：「爸爸和媽媽常說要帶我來，卻一直沒空，我平常不是在家裡，就是在公園玩。」

「那很無聊吧！」尺玉同情的說：「不過今天你有福了，因為故宮很大，你可以玩個痛快！你想當藏起來的那一方，還是要當找貓的『鬼』？」

貓小藏拍著手說：「我很少當鬼，讓我當鬼好了！」

「好。但是我沒那麼容易讓你找到……」尺玉還沒說完，便心生一計。

上次幫助貓小渣「穿越」的

時候，他借助了好多宮貓的力量，也無心插柳的滿足了他們「脫離現實」的夢想。

「共襄盛舉」的感覺真是太棒了！這次的躲貓貓，也能讓宮貓們一起來玩。

尺玉和貓小藏說了自己的想法。「你這個鬼，有信心找出所有的獵物嗎？」

「當然有！」貓小藏幾乎跳了起來。

於是尺玉出發找貓，他有意避開上次合作過的貓，好讓更多宮貓可以享受驚喜。

御膳房的橘貓阿炊、警衛部的黑貓展堂、擔任園丁的玳瑁貓果子……他們正聚集在景雲門外

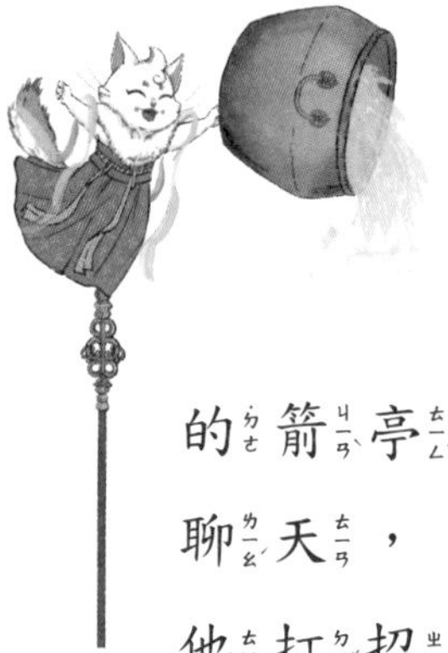

的箭亭那裡，一邊晒太陽，一邊聊天，見到尺玉走過來，紛紛向他打招呼。

當這些宮貓聽到尺玉想請他們幫忙，都高興極了。

「沒問題，我早就想當貓兒房事務所的外援了。」

「上次演戲我沒趕上，遺憾了好久呢！」

「我最喜歡躲貓貓了，小時候就玩得很瘋。」

「玩得一身汗，然後參加洗澡節，想到就開心。」

「洗澡節？」尺玉的耳朵動了動，心想：什麼是洗澡節？但他不好意思問出口，因為眼前的宮貓都是一副理所當然的模樣，

而他是他們的偶像，連這都不懂，很丟貓的。

也許洗澡節是宮內的活動吧！今天故宮禁止外貓進入，除非有宮貓帶著，尺玉在出入時就察覺到了，但他沒有放在心上。故宮偶爾會有這種時候，也許是為了接待嘉賓，也許是要對文物進行盤點。

「吃魚先生。」園丁貓果子打斷尺玉的思緒。「躲貓貓的地點，不如定在御花園吧？那裡有好多能藏的地方。」

「好。」

「我再去找幾隻貓，十隻就夠了吧？」警衛貓展堂興致勃勃。「要找石鼓先生他們嗎？」

「他們有事要忙，別去打擾了。」尺玉趕緊阻止。

「好。」

很快的，「躲貓貓小分隊」就在御花園集合。

也許是因為「洗澡節」的關係，往日熱鬧非凡的御花園，在今天有幾分冷清，卻也因此有更多的藏身空間。

宮貓們先帶貓小藏參觀這次的「遊樂場」，他們從坤寧門走到瓊苑東門，從絳雪軒走到摛藻堂，從位育齋走到瓊苑西門……繞行一周後，貓小藏就知道他的「狩獵範圍」了。因為範圍不小，所以大家定了一個規矩：選

定藏身處就不能隨意變動，否則貓小藏一定會累垮。

欣賞著眼前的紅牆綠植、雕梁畫棟、亭臺假山，貓小藏興奮的漲紅了臉。

宮貓們也都迫不及待，廚師貓阿炊主動說：「如果你能找到我，就獎勵你一條熱呼呼的烤魚。」

故宮書店的店員清風也加碼道：「我會送你一枚魚骨書籤當禮物。」

其他宮貓也慷慨獻出和自己崗位有關的獎品，貓小藏好高興，決定要把他們都找出來。

「遊戲即將開始。」尺玉對貓小藏說：「你先閉上眼睛，大聲從一數到十，我們去躲起來。」

貓小藏聽話的照辦。宮貓們雖然都不是孩子了，仍紛紛在響亮的倒數聲中返老還童，爭先恐後奔向心儀的隱蔽處——在某種意義上，那些都是童年的入口。

尺玉也是其中一員，他絞盡腦汁，思考自己該躲在哪裡，才能出其不意。猶豫了半天，他忽然想到：規則是選定藏身處就不能換，但我現在還沒決定，就先和他打游擊戰吧！

打定主意，尺玉便從容多了。這時，倒數結束，其他宮貓都已藏好，貓小藏把手從眼睛上拿下來，開始找啦！

貓小藏的確是玩躲貓貓的高手，在剛才參觀的過程中，他就對適合藏身的地點心中有數了，這會兒直接朝那些地方奔去。

首當其衝的，就是堆秀山。

那是用大量太湖石堆積而成的假山，靠牆而立，山石奇特突出，一個個深淺不一的洞交錯相連，四通八達，簡直是為了玩躲貓貓而造的。

貓小藏來到山前，卻不鑽進洞裡，而是在外面喊：「展堂哥哥，我看到你了。」

洞內傳出一陣窸窸窣窣的聲音，然後警衛貓展堂就從一個洞裡伸出腦袋，他沮喪的說：「我居然是第一個出局的，真是寶刀已老！」

「騙你的，展堂哥哥你藏得很好，我根本沒看到你。」

「什麼！那你是虛張聲勢，引我出洞？」

貓小藏撝嘴笑道：「也不完全是假話，我看到洞口有一些黑色的毛，就碰碰運氣。」

「好小子，我認輸

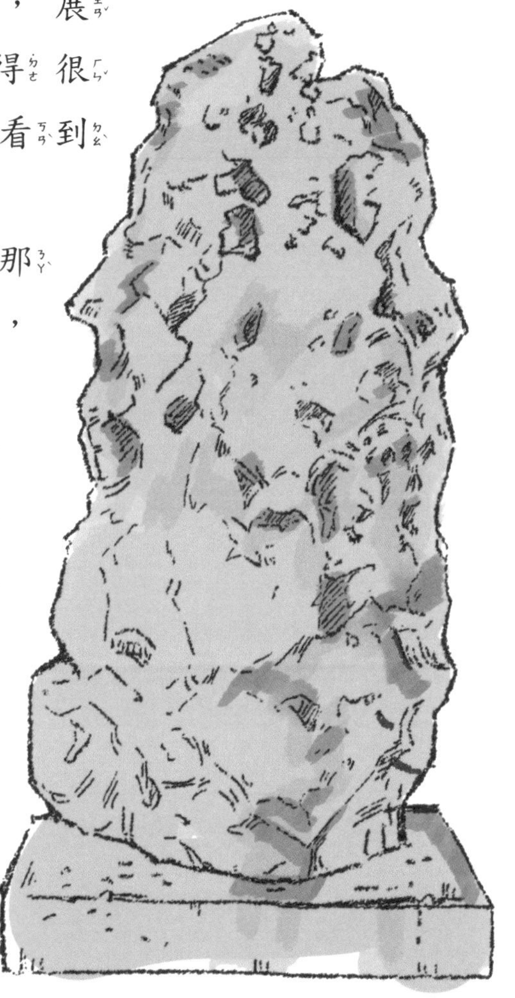

了。」敗給心理戰術的展堂心悅誠服。

「那我去找其他貓了。」

貓小藏的下一個目標，是位於御花園東南角的一棵千年古槐樹，它因體積龐大，被譽為「龍爪槐之最」，粗大交錯的樹枝的確給貓有如巨龍騰空的壓迫感。貓小藏仔細觀察，果然在一段不規則生長的樹枝後方，找到了努力躲藏的店員貓清風。

「我以為我藏得很好。」清風揉揉痠痛的腰苦笑。

「這棵樹很有特色，所以我覺得會有貓藏在後面。其實躲貓貓要贏，應該多選擇意想不到的地方。」貓小藏分享經驗。

話雖如此，有些貓的藏身方式已經十分特別，還是一樣被貓小藏找到。比如欽安殿天一門的東西兩側，端坐著兩個金黃色的獸像，廚師貓阿炊趴在其中一隻背上，企圖依靠「保護色」過關，仍不幸失敗。

「這小子果然有兩下子。」尺玉一路觀察貓小藏的表現，更難以決定該躲在哪裡了。

再度經過堆秀山時，他靈機一動：已經找過的地方，那孩子應該會掉以輕心吧？

尺玉當機立斷的鑽進假山，以防萬一，他選的還是靠近山頂的洞。

當他來到較高處時，視線自

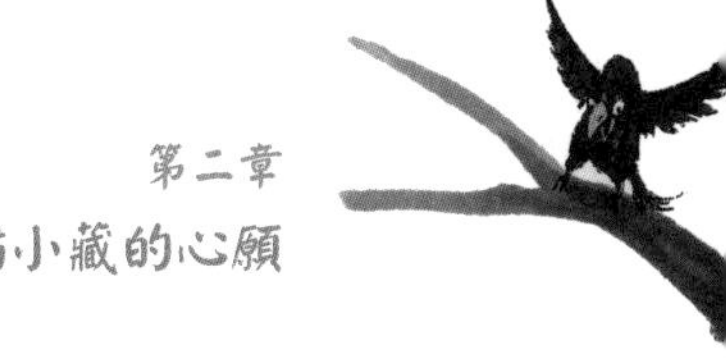

然而然越過圍牆，一眼便看到遠處的情景。

幾名宮貓手拿臉盆，肩披浴巾，拋接著肥皂，快樂如春遊，不知道要去哪裡？

尺玉忍不住又爬高了些。堆秀山的頂端有個建築，叫做御景亭，是古時候皇帝在九九重陽節登高望遠的地方。尺玉一不做二不休的躍上亭頂，哇！整片西六宮都盡收眼底，他看見了更多宮貓像是百川歸海那樣，前往同一個去處。

會是那個「洗澡節」的活動嗎？

尺玉踮起腳尖，伸長脖子，一時有些出神。

當尺玉在御景亭頂出神的時候，貓小藏已經將尺玉以外的貓都找出來了。手下敗將們圍著他，一邊送上說好的禮物，一邊對他誇讚有加。

「你這孩子真了不起，我以前也是躲貓貓專家，沒想到那麼快就被你找到。」廚師貓阿炊遺憾的說。

「但是能藉此回味童年，真是太棒了！」店員貓清風津津有味的說。

「歡迎你以後再來玩，一定要找我喔！」警衛貓展堂提前預約了下次。

「謝謝你們。」貓小藏說：「可是我還沒有找到尺玉哥哥

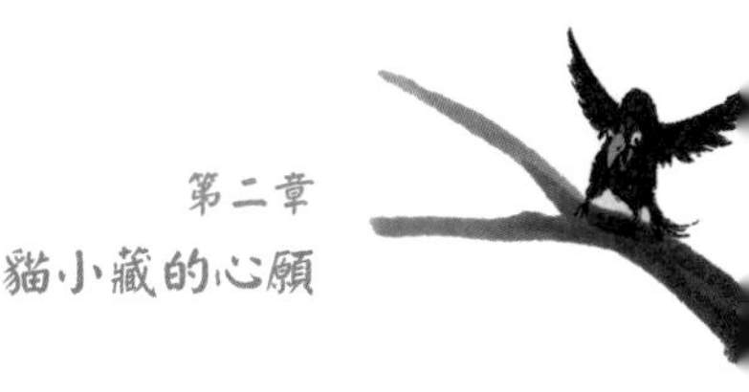

呢！」

「哈哈！吃魚先生和我們不是一個等級的，就靠他幫我們報仇了！」園丁貓果子說：「各位，我們也該去參加洗澡節了。」

其他宮貓興奮的點頭。一場快樂的活動剛結束，馬上又要投身另一場快樂的活動，貓生多美好呀！

「洗澡節是什麼？」貓小藏好奇的問。

「每年六月初六，宮貓都會參加這個活動，顧名思義就是大家一起洗澡。」清風問：「你想來體驗嗎？」

「別打擾他，他還要找吃魚

先生呢！」阿炊善解貓意的幫貓小藏推掉邀約。

「說得也是，那我們走了，你繼續加油！」

目送躲貓貓夥伴們離去後，貓小藏忽然有些心不在焉。

他又到處找了尺玉，卻一無所獲，這讓他有些氣餒和不甘。

突然間，他產生一個念頭：尺玉哥哥該不會也去參加洗澡節了吧？難怪御花園裡找不到他。

要去那裡找他嗎？貓小藏有些舉棋不定。

「洗澡……」

他猶豫了好一會兒，猛一跺腳，大喊：「我要去！」

第三章

洗澡節事件

循著不斷傳來的喵喵聲，貓小藏來到了太和門外、武英殿東的斷虹橋。

這座橫跨內金水河上的漢白玉橋，此刻儼然已成為「澡堂入口」。

也許所有宮貓都聚集在這一帶了。他們有的頭頂臉盆，好像戴了一頂頭盔；有的用指尖轉著浴巾，跳起一段「二貓轉」；有的坐在地上，雙手拍打水桶底部，鏗鏘而有節奏。

如此歡欣鼓舞，真不愧是「節日」呀！

等到某個時刻，彷彿有誰一聲令下：「洗澡節」開幕了！

宮貓們紛紛拿起手中的容器，從內金水河舀水，然後——開始洗澡！

只見一隻隻宮貓伸出手臂，優雅而悠閒的舔拭起來，舌頭舔不到的地方，就把爪子弄溼後去擦。浴巾也派上用場，兩隻手各握一端，沿著背部來回摩擦，像是自己和自己拔河，又像在用白色的鋸子鋸木頭。除了自己洗澡

的，也有互相幫助的，你用手替我刷背，我用海綿為你擦洗……

這麼多貓做同一件事，場面真是既和諧又友愛，空氣都變得格外乾淨，滿是洗髮精與沐浴乳的香味。而這香味也是豐富多彩的，有貓薄荷的清香、牛奶的醇香、海產的鮮香……溼了毛髮的貓都瘦了一圈，可是當他們身上裹滿了泡泡，卻又圓滾滾的像隻綿羊。

貓小藏站在浴場的邊緣看得入迷，雙手卻交叉用力握住手腕，壓制著不由自主的顫抖。

其實一旁有很多閒置的毛巾與容器，如果貓小藏願意，可以拿取參與洗澡節。但他始終站著不動，只差沒像已經洗夠的老貓那樣，拿夾子把自己晾在繩子上，邊吃零食邊晒太陽。

貓小藏看到一位大貓，就算體型因為碰到水而縮小，也比在場的所有貓都大。他高高舉起一柄九環錫杖，聲音大的像打雷一樣的問：「大家都洗好了嗎？」

「洗好了！」在浴場的所有貓聲音嘹亮的回答。

「那麼——開始玩吧！」

大貓用錫杖勾住一個水桶的提把，於是武器變成了大勺子，然後從河裡舀了滿滿一大桶水，朝著貓群潑過去。

嘩啦！

一群貓被澆溼，臉上的笑容

卻更燦爛了，他們陸續拿起盛滿水的容器，朝大貓還擊。

洗澡節直接變成潑水節，大家開始見貓就潑，甚至自己潑自己一身。有些貓自己的水潑完了，就把其他貓潑來的水接住，再潑回去。有些貓身體溼了就習慣性去舔，不知不覺喝了一肚子水。有位發出「喵呵呵」笑聲的老貓正在發放自製的竹筒水槍，接過槍的貓射來射去，讓氣氛達到最高點。

此時，那位大貓又開始活躍起來，他將錫杖插入一盆肥皂水中攪動，然後拿到嘴邊一吹——九個銅環立刻飄出九個泡泡。因為大貓的肺活量出眾，那些泡泡一個比一個大，許多貓都被泡泡罩住，輕風一吹，竟搖搖晃晃的飄了起來，陽光一照，閃耀著斑斕的虹光。

「老哥你真棒！我可不能輸，看招！」一個身材嬌小的貓少女站了出來，只見她輕鬆舉起隨處可見的消防用銅缸，再將快溢出來的水朝天空一潑。「上次救火時，我就覺得這招很適合用在洗澡節上。」

轟隆隆隆——

貓少女的力量太強大了，升空後降落的水柱像是從天上倒下來的瀑布，聲勢浩大，好多貓故意跑到「瀑布」的正下方盤腿坐下，讓水沖擊來按摩身上的穴

道。還有貓趁著飛流直下的水柱在地面奔騰，連忙往臉盆裡一坐或者往洗衣板上一站，玩起了泛舟與衝浪。

「釉子小姐太棒了！」在歡呼聲中，貓少女製造了一波波的激流，說她能憑一己之力舀乾整條金水河，貓小藏都會相信。

貓小藏內心的蠢蠢欲動已經到了極限，當浴場內許多同齡貓踩著肥皂表演花式溜冰時，他真想一起玩啊！

空氣中滿是飛濺的水沫，貓小藏的身體表面已經淋溼了，讓他有些頭暈、喉嚨發緊，可是這種難受，好像是能克服的。

貓小藏咬緊牙關，又往前邁

進一大步。沒想到腳下突然一滑，他瞬間趴在一片水窪中。

貓小藏只覺得天旋地轉，眼前的一切在他眼中變了個模樣：歡笑聽起來像奸笑，潑水動作像是張牙舞爪，那些清涼的積水為什麼更像沸騰的油鍋？大貓、大力貓少女，以及所有的宮貓……都是亂舞的群魔，他們頭上的哪是尖耳，分明是鬼角！

貓小藏漸漸陷入昏迷，最後依稀看見的熟面孔，是尺玉……

尺玉不是貓小藏誤會的那樣，丟下他跑來洗澡節。相反的，在御景亭登高望遠的尺玉，一發現貓小藏離開躲貓貓的範

圍，連忙下來去追他，因此闖入了洗澡節的浴場。這裡貓多勢眾，尺玉身不由己的被捲入混戰，他靈活閃躲著襲來的水，偶爾用腳尖勾起木桶，踢出一團團反擊的水花。當釉子再次發動降雨大招時，尺玉忽然想到自己揹著傘，於是趕快把它打開。

就是這把醒目的紅傘，讓貓小藏發現了尺玉。

而尺玉也在同一時間找到了他的小客戶，只是——貓小藏的情況好像有些不對勁？

他趴在水窪裡，絕望的伸出一隻手……

尺玉大叫一聲，衝上去扶起貓小藏。

「臭魚乾！」石鼓也注意到了紅傘，邁開大步走近。「你一大早跑哪兒去了？我們還想找你一起來過節呢！」

釉子說：「尺玉哥哥趕上了就好，但這孩子怎麼了？」

西山也趕來了。這位德高望重的老貓現在鬍子下垂，鬚尖還掛著水滴，竟有幾分與年齡不相符的可愛，但他的眉頭卻皺得緊緊的。「這孩子看起來是恐水症發作了。」西山大聲呼喚：「小雪在嗎？快來幫忙！」

一位渾身雪白的醫生貓小姐抹去臉上的水珠，快步走來。她對貓小藏進行了簡單的檢查，同意了西山的判斷，並且一邊用毛巾擦乾患者，一邊用通訊鈴聯絡醫院。

洗澡節提前結束了，因為大家的玩興都煙消雲散。即使不能為貓小藏做些什麼，他們也沒有心情再玩樂，不只因為他們是宮貓，而是生而為貓。

尺玉像被抽走了靈魂，呆站在原地，彷彿陷在一場惡夢中。

「尺玉。」西山摘下眼鏡擦拭，戴回去的時候，鏡片上的光芒顯得十分銳利，就像他此刻的口吻。「我認出來了，那孩子是未確認接待的客戶，貓小藏。你們在一起是偶然的嗎？」

第四章

慚愧的尺玉

尺玉是第二次來魚鬆醫院了。上一回，他的身分還是救了花捲老太太的大功臣，但是現在角色完全顛倒，他甚至覺得自己走進的不是醫院，而是審判他的法院。

貓小藏在更小的時候，不慎跌落湖中，從此有了嚴重的心理陰影，只要看到水，就會呼吸急

促、手腳冰冷。

一朝被蛇咬，十年怕草繩。貓小藏經過一段時間的治療後，才適應喝水、洗臉等生活用水，不過對於劈頭澆下來的淋浴或沉浸水中的泡澡，還是無比抗拒，因為那會讓他回憶起那個眼耳口鼻都被水灌滿的地獄。所以至今他洗澡都是以擦拭為主，並且必須有大人在場，才能勉強面對一大盆水。

——在病房外的走廊上，西山告訴了尺玉這些事。

「你一定曾經疑惑：只是在故宮躲貓貓這麼簡單的心願，為什麼西山會選擇暫緩處理？」西山語重心長。「因為這起委託的對象是孩子，我們必須格外重視他的安全。接到貓小藏的委託後，我做過調查，發現了他的病症。恰好這兩天是洗澡節，我才決定把他的委託往後延。別以為這是小題大作，之前有孩子想在故宮裡春遊，這個心願看起來不難，然而他居然對松樹過敏，故宮裡有不少松樹呢！好事變壞事，往往就是因為一個輕率的決定。為什麼貓兒房事務所需要像我這樣的後勤？就是為了避免不必要的錯誤發生。」

西山說這些話的時候，石鼓與釉子站在一旁，一言不發。剛知道尺玉瞞著大家接委託時，石鼓恨不得打他一頓，但看到尺玉現在的模樣，他又覺得沒必要雪上加霜了。

誰都能看出來，現在最難受的就是尺玉了。西山的話很有分量，口氣雖然溫和，但尺玉聽在耳裡，無異於賞了他一個又一個巴掌。

「事已至此，你也別太自責，牢記住教訓，這件事還是有意義的。我知道尺玉你等不及獨當一面，不過那就和治療頑疾一樣，不可操之過急。」西山輕拍尺玉的肩膀。「因為處理及時，貓小藏的症狀不算嚴重，你可以放心。一會兒他的父母來，我會代表貓兒房事務所進行解釋和道歉。」

病房內傳來動靜，釉子仔細聽後，說：「尺玉哥哥，貓小藏在叫你。」

尺玉不知道自己是怎麼走進病房的，他慚愧得無地自容，但貓小藏反而比他還抱歉：「對不起，尺玉哥哥，都怪我擅自跑出御花園，給你們添麻煩了。」

尺玉一聲不吭。

「其實，我很清楚自己生的病，明知道洗澡節會有很多水，我連靠近都不該靠近。」貓小藏的聲音痛苦又無奈。「為什麼我那麼怕水呢？我一直很想克服這個疾病。我看到浴場裡有很多宮貓，就覺得有安全感，而且大家多開心啊！這也許是我變勇敢的機會，結果，我挑戰失敗了……尺玉哥哥，你不要怪自己，是我不對。」

尺玉還是說不出話，貓小藏卻露出了笑容。「我的朋友很少，大家都笑我連水都怕，所以我常常避開他們，我擅長躲貓貓，和這點也有關係。尺玉哥哥你對我很好，還有展堂哥哥、果子姐姐他們也是，我好喜歡你們！等我的病好了，我們再一起玩好不好？我們還沒分出勝負喔！尺玉哥哥，你該不會忘了吧？」

虛掩的病房門外，石鼓和釉子聽著貓小藏說的話，也感受到尺玉的沉默。他們在這時走了進

去，一邊一個陪孩子聊起天來。貓小藏眉飛色舞，告訴他們今天有多開心，御花園有多漂亮……而兄妹倆也安慰他：只要堅持治療，恐水症並非不能痊癒。

趁著石鼓兄妹和貓小藏說話的時候，尺玉像逃難一樣離開了病房，直到出去，他還是說不出一句話。

不，其實他說了。他在心裡一遍又一遍重複說著：對不起、對不起……

貓兒房小知識

見033頁

原文

故宮到了。

打從邁過午門的那一刻起，貓小藏的眼睛就沒有閒下來過，他看黃色的琉璃瓦，看大紅色的宮牆，看腳下的青石板……差點忘了本來要做什麼。

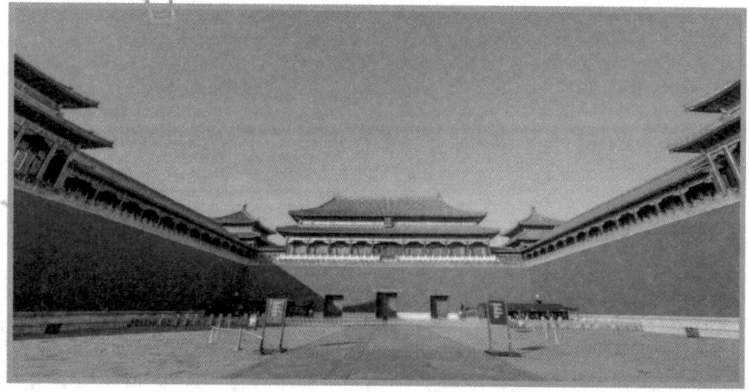

午門

中國故宮博物院建築

貓兒房小知識

午門是明、清皇帝住的紫禁城的正門，位於紫禁城南北的軸線上。午門的平面呈「凹」字形，沿襲了唐朝大明宮含元殿及宋朝宮殿丹鳳門的形式。午門的正中央有三道門，兩側各有一道掖門，因從正面看是三道門，反面看卻有五道門，所以俗稱「明三暗五」。五道門各有用途：中門為皇帝專用，此外只有皇帝大婚時，皇后乘坐的喜轎可以從中門進宮。還有通過殿試選拔的狀元、榜眼和探花，在宣布殿試結果後，他們也可以從中門出宮。東側門供文武官員出入，西側門供宗室王公出入，兩掖門只在舉行大型活動時開啟。

見037頁

原文

「吃魚先生。」園丁貓果子打斷尺玉的思緒。「躲貓貓的地點，不如定在御花園吧？那裡有好多能藏的地方。」

貓兒房小知識

御花園位於紫禁城的中軸線上，皇后住的坤寧宮後方，明朝稱為「宮後苑」，清朝稱為御花園。園內的主體建築以欽安殿為中心，向前方及兩側鋪展亭臺樓閣。園內青翠的松樹、柏樹、竹子之間點綴著山石，形成四季長青的園林景觀。御花園原本是為了帝王及后妃休息、遊賞而建，但也有祭祀、頤養、藏書、讀書等用途。

御花園

中國故宮博物院建築

見 041 頁

原文

首當其衝的，就是堆秀山。

那是用大量太湖石堆積而成的假山，靠牆而立，山石奇特突出，一個個深淺不一的洞交錯相連，四通八達，簡直是為了玩躲貓貓而造的。

貓兒房小知識

堆秀山位於御花園的東北部，背靠著高大的宮牆，騰空而立，高約十公尺。它的正面有岩洞，內為磚砌建成、四周低而中間隆起的石雕蟠龍藻井，洞門上有用滿文與漢文書寫的「堆秀」匾額。堆秀山為一座人工假山，整座山是由奇形怪狀的石塊堆砌而成，堆山匠師們稱這種手法為「堆秀式」，因此得名。

堆秀山

中國故宮博物院建築

見 049 頁

原文

循著不斷傳來的喵喵聲，貓小藏來到了太和門外、武英殿東的斷虹橋。

這座橫跨內金水河上的漢白玉橋，此刻儼然已成為「澡堂入口」。

武英殿

中國故宮博物院建築

貓兒房小知識

明初，帝王齋居（身穿素服、不食葷腥、保持心靜）、召見大臣皆於武英殿進行，後移至文華殿。清初，武英殿用來作為皇帝宴遊與休息的地方，或舉行小型朝覲拜賀、賞賜、祭祀等儀典之處。康熙八年（1669年），因為太和殿、乾清宮等處維修，康熙皇帝曾一度移居武英殿。

見049頁

原文

循著不斷傳來的喵喵聲，貓小藏來到了太和門外、武英殿東的斷虹橋。

這座橫跨內金水河上的漢白玉橋，此刻儼然已成為「澡堂入口」。

貓兒房小知識

斷虹橋位於太和門外、武英殿東，橫跨於內金水河上。橋面鋪砌著漢白玉巨石，兩側的石製護欄上刻有穿花龍紋圖案，柱上的石獅神態各異，栩栩如生。橋的建造年代為明初或元朝，尚未有定論。斷虹橋用料考究、裝飾華麗、雕刻精美，是紫禁城內所有橋中的冠軍。

斷虹橋

中國故宮博物院建築

國家圖書館出版品預行編目（CIP）資料

貓兒房事務所 3 洗澡節事件簿 / 兩色風景作；鄭兆辰繪. -- 初版. -- 新北市：大眾國際書局股份有限公司 大邑文化, 西元 2024.4
80 面；15x21 公分 . --（魔法學園；14）
ISBN 978-626-7258-71-2（平裝）

859.6　　113001114

魔法學園CHH014

貓兒房事務所 3 洗澡節事件簿

作　者　兩色風景
繪　者　鄭兆辰

總編輯　楊欣倫
副主編　徐淑惠
執行編輯　詹勳薇
封面設計　張雅慧
排版公司　菩薩蠻數位文化有限公司
行銷業務　楊毓群、蔡雯嘉、許予璇

出版發行　大眾國際書局股份有限公司 大邑文化
地　址　22069 新北市板橋區三民路二段 37 號 16 樓之 1
電　話　02-2961-5808（代表號）
傳　真　02-2961-6488
信　箱　service@popularworld.com
大邑文化FB粉絲團　http://www.facebook.com/polispresstw

總經銷　聯合發行股份有限公司
電話　02-2917-8022　　傳真　02-2915-7212

法律顧問　葉繼升律師
初版一刷　西元 2024 年 4 月
定　價　新臺幣 280 元
ISBN　978-626-7258-71-2